KB176493

푸른사상
시선

38

나는 지금 외출 중

문 영 규 시집

푸른사상
PRUNSASANG

푸른사상 시선 38

나는 지금 외출 중

인쇄 2014년 4월 5일
발행 2014년 4월 10일

지은이 · 문영규
펴낸이 · 한봉숙
펴낸곳 · 푸른사상사
주간 · 맹문재 | 편집 · 지순이 | 교정 · 김소영

등록 제2-2876호
주소 서울시 중구 충무로 29(초동) 아시아미디어타워 502호
대표전화 02) 2268-8706~7 팩시밀리 02) 2268-8708
메일 prun21c@hanmail.net
홈페이지 www.prun21c.com

ISBN 979-11-308-0212-1 03810
ISBN 978-89-5640-765-4 04810 (세트)

값 8,000원

☞ 저자와의 합의에 의해 인지는 생략합니다.
　　이 도서의 국립중앙도서관 출판시도서목록(CIP)은 서지정보유통지원시스템 홈페이지
　　(http://seoji.nl.go.kr)와 국가자료공동목록시스템(http://www.nl.go.kr/kolisnet)에서 이용하실
　　수 있습니다. (CIP제어번호 : CIP2014010205)

　　후원 : (재) 경남문화예술진흥원

나는 지금 외출 중

이 시집을 묶으며 스스로 묻고 또 물었습니다. 한 바늘 한 바늘 어느 한쪽 끄트머리 놓치지 않고 뜨개질은 했는지……. 아무리 보아도 바람 부는 날, 누군가를 포근하게 감싸주는 목도리가 되기에는 턱없이 부족하다는 생각이 듭니다. 그나마 애써 짠 목도리가 빛깔이 더 바래기 전에 바늘을 거두고 슬며시 세상에 내보냅니다.

첫 시집을 내고 어언 12년이란 세월이 지났습니다. 그동안 많은 아픔과 시련이 있었지만 흐르는 세월 따라 먼 길 돌고 돌아서 여기까지 왔습니다. 오는 길에 나도 모르는 사이 몸이 균형을 잃고 흔들렸습니다. 몸은 흔들려도 마음은 흔들리지 않으려 시를 붙들고 살았습니다. 서툴고 부족한 시집이지만, 그것 또한 제 모습이라 스스로 위로하면서 벗들에게 드립니다.

보잘것없는 원고를 귀하게 여겨 시집을 펴내주신 푸른사상사 식구들과 맹문재 선생님께 고마움을 전합니다. 그리고 황매산 기슭 작은 산골 마을에서 농사지으며 시를 쓰는 서정홍 시인과 이응인 시인, 표성배 시인 그리고 객토 동인들에게도 이

자리를 빌려 인사드립니다. 모두들 고맙습니다. 끝으로 어느 누구보다 못난 저를 믿고 삼십 년 넘도록 함께 살아온 제 아내 박호석 님과 형곤이, 예란이에게도 언제까지나 사랑한다고……

땀 흘려 일하는 사람들이
'사람 대접' 받을 수 있는 좋은 세상을 꿈꾸며
2014년 3월
문영규

제2부

제3부

제4부

제1부

봄밤

때마침
매화는 활짝 피어서
아련한 향기 흩날리는
봄밤, 열이렛날
늦은 달님이야
조금 이지러졌지만

열이렛날 달님이
빈 마당 가득 그토록
하얗게 부서지던 까닭은
매화 때문이 아니었소
아니었소

정갈하게 마당 쓸어놓고
그 달빛 와서 부서지기를
담벼락에 나란히
기대어 서서 기다리는
빗자루와 쓰레받기 때문이었소

꽃이 핀다는 것은

꽃이 핀다는 것은
기호라는 것을
한 송이 한 송이마다
표현이라는 것을 몰랐다

피고 지고 피고 지고
이런 과정이 다
절정의 기호라는 것을

꽃의 빛깔과
향기가
기호인 것을 몰랐다

진정한 표현은
피어난다는 것을

홍수

출근길
차라리 걷기로 했다
어제 차가 고장난 것이
오히려 잘됐구나 생각하고

공단대로 만발한 벚꽃 길을
바람이 살랑일 때마다
쏟아지는 꽃비를 맞으며 걸었다

꽃길은 홍수였다
굽이치는 커다란
꽃 난리였다

정신없이 떠내려갔다
어푸어푸 숨이 막혔다
사람 살려!
하마터면
소리칠 뻔했다

벗꽃

공단길 벗꽃들은 알고 보니
모래바람이 피운
모래 꽃이다
내 기억 속에 쏟아지는
모래 사태다

벗꽃 아래서
나는 점점 밀려드는
모래 때문에
내 모든 기억은 이내
모래로 가득,
가득 찰 지경이다

손과 발 다 묶이고
세뇌될 지경이다

핏방울 떨어지던
이 공단 길에
사이렌 소리도 잊고

절정

내 마음속 검색 창
검색 순위 이번 주 1위는 벚꽃이다
이번 주가 절정이다
활활 타고 있다 머지않아
폭삭 주저앉을 듯이 타고 있다

모든 것들은 절정의 순간
잠시 무중력 상태가 된다
무의식 상태가 된다
벚나무 아래서는
부르르 진저리가 난다
벌들도 덩달아 절정으로
무중력으로 윙윙거린다

한 번의 사랑이 절정이던
주량도 절정이던 그때,
벚꽃 아래서 무중력으로 취하던
그때가 나의 만개였구나

망초꽃

사진기 들고
꽃 찾아 나섰다가
어느 골짜기 묵정밭에서
하얀 망초꽃만
여러 장 찍어왔다

망초꽃 사진을 보노라니
꽃이라면 당연히
좀 붉어야지 싶던 시절
하얀 꽃 노란 꽃 다 좋지만
좀 붉은 꽃이라야
가슴 뛰지 않을까 생각했다

칸나꽃 피면 마음도 따라 붉어
누구의 가슴 하나
물들여주고 싶어 설레던
그런 때가 있었다

이제는 붉은 칸나꽃보다

망초꽃이 좋다

망초꽃 옆에 가서

덩달아 하얗게 젖고 싶다

꽃 멀미

진해 장복산
벚꽃 터널 지날 때면
턱에 차던 숨

마구 피어난 꽃 앞에서는
감기약처럼 어지럽던 꽃 멀미

눈 감고 깊은 숨
들이쉬어도
다투어 꽃 피는 이 봄날은
어지러워라

우리 첨 만나
두근두근 꽃 같던 그때
마주 바라보면
아스라한 현기증

그러니까
그것도 꽃 멀미였네

채송화

이런 풍경을 보았다
어느 가난한 시인의 집 축담
자연석 돌계단 틈 사이에 핀 채송화
마침 내가 갔을 때
빨간 꽃 세 송이가
나란히 나를 쳐다보고 웃었다

손님을 맞는 인사가
이렇게 정답고 해맑을 수가 있나
마주 인사를 받아
그 자리에서
큰절이라도 하고 싶었다

아, 이제
이렇게 아름다운 풍경을 보았으니
무슨 여한이 있으랴

기도

대구 가톨릭병원 원내 약국 앞
약 받느라 기다리는 동안
수녀님께서 기도를 드린다
동그랗게 굽은 허리가
마치 쥐며느리 같다

귀밑으로
희끗희끗한 머리카락만큼
늙고 닳은 기도는
세상에 찌들고 묵은 때

다 씻어 내리겠다

달인의 말씀

거실 창문을 열면 아파트 주차장 너머 커다란 우리 정원이 있다 4층에서 내려다보이는 이 정원에는 고추 들깨 참깨 땅콩 토마토 오이 토란 아주까리 이런 것들이 자란다 이 정원 관리인은 칠십이 넘은 할아버진데 이런 작물을 키우는 데는 가히 달인이시다 할아버지를 정원 관리인이라고 한 것은 사실은 황송하고 민망한 일이다 나는 그저 봄부터 내내 구경만 했으니 정원이랄 수밖에는 달리 표현할 길이 없어서 이 달인을 불경스럽게 말했다 내가 요즘 시 몇 편을 쓴 것은 순전히 이 달인 덕분이다 달인은 올 봄 감자를 심고 참깨를 심으며 내 가슴에도 씨를 뿌려주셨다 좋은 노래가 마음에 파고들 듯, 달인의 성실한 씨앗이 가슴을 적셔와 싹트고 있었다 그리고 달인은 내게 말씀하셨다

자네도 달인이 되시게
젊고 드넓은 마음 밭이 있는데
무슨 걱정인가!

우리는 사촌

손아래 동서 이 서방은
농협에 다닌다
농협 다니는 이 서방은 농사도 잘 짓는다
이 서방이 키운 상추는 싱싱하다
싱싱하고 맛도 있다
상추, 치커리, 오이, 배추, 무
이 서방 채소를 얻어먹고 나는 힘이 난다

이 서방은 착하다
착한 이 서방은
내가 채소를 다 먹어갈 즈음
어김없이 싱싱한 채소를 다시 가져온다
처제와 이 서방은
특별한 약 해드리지 못하지만
채소라도 마음껏 자시란다

처제와 이 서방은
벌레에게도 마음껏 채소를 내어준다
처제와 이 서방이

채소밭에 농약을 뿌리지 않는 건
순전히 벌레를 위해서다

처제와 이 서방이 키운 채소는
시장 채소처럼 가지런하지 않다
벌레 먹은 그대로다
채소를 벌레와 사이좋게 나눠 먹는
처제와 이 서방은 벌레와 사촌이다
나와도 사촌이고
나와 벌레도 사촌이다

키조개

내가 본 조개의 관자는 키조개가 단연 으뜸이었지요 키조
개는 전체 육질의 팔 할이 관자였어요 아시다시피 조개의 관
자란 자신의 집을 여닫을 때 필요한 기관이지요 사실은 여는
것보다 닫는 목적으로 발달한 기관이지요 스스로의 기능 중
에서 밖이 아니라 안으로 향하는 데 팔 할을 투자한 종은 아마
키조개밖에 없을 걸요

그때 당신은 나에 대한 관자가 있었어요
하지만 당신의 관자가 점점 약해지기를
내가 기다렸다는 사실을 혹시라도 아세요?

설거지를 하다

　지상의 것은 이제 의미가 희석되고 상징도 희미해졌어요 지상파는 점점 조잡스럽고 혼탁해요 격이 떨어져요 이제부터는 위성파예요 오리온자리로부터 큰곰자리로부터예요 반짝이는 상징이 필요해요 아침에 문득 이런 생각을 했어요 설거지를 하다가 말이에요 위성 안테나 같은 접시를 닦다가 말이에요 행주로 닦은 접시를 그릇 통에 넣지 않고 마음속에 넣었어요 그리곤 싱크대에 구정물을 비우고 새로 물을 받았어요

　지금 접시 안테나가 수신 중이에요

왜?

싱크대를 열어보니
언제 넣어 두었는지
비닐봉지에 담긴 채 썩은
밀감, 그 가운데
아직 썩지 않은 밀감 하나

검게 썩은 다른 밀감 곁에서
혼자 턱 괴고 빤히
나를 올려다보던
그 표정을
나는 왜 수상쩍게 여겼던가

그대로
비닐봉지 주둥이를 묶어서
쓰레기통에 넣어버린
그 일이 왜
잊히지 않는가

제2부

형광등

공장 천정에
깜박거리는 형광등을 바꾸고
헌것을 들여다보니
양쪽 가장자리가 까맣다
속이 다 탔다

깜박거리던 게
아프다는 소리였구나

정숙이

초등학교 졸업하고 한 번도 연락 없던 정숙이
느닷없이 찾아와 정수기 하나 사라네
큰맘 먹고 할부로 끊어서 하나 사기로 했네
정숙이 정수기 잘 팔겠다고 했더니
물 좋은 데 가야 잘 팔린다고 하네
물 나쁜 데 가면 꼬치꼬치 따지기만 한다네
우리 동네도 물 썩 좋지 않다고 했더니 그냥 웃네
정수기는 역삼투압 방식이라고 하네
이 세상도 벌써부터 역삼투압이 작용하고
있지 않느냐고 했더니 웃기만 하네
또 정수되고 남은 물은 버리는 방식이라 하네
정수된 물이 삼이면 버리는 물이 칠이라 하네
정숙이 너는 지금 삼이냐 칠이냐 하고 물었더니
그저 웃기만 하네 정수기 파는 정숙이

무디어지기

오래전부터

책꽂이 한켠에 있던

요리책을 펼쳐

돼지고기고추장양념구이

콩나물무밥 고등어찜 요리를 만들어

아내의 반응을 살피다가

문득 생각한다

요리를 잘한다는 것은

혀끝을 날카롭게 하는 일이 아닌가

여태 혀끝을 날카롭게 갈고 있었다

그뿐 아니었다

나도 모르게

생각도 말도 갈고 있었다

생각해보니

무디어지려 하지 않고

오히려 날카롭게 갈고 있었다

일단 정지

오늘도 일하러 간다
바쁜 시간이지만 건널목 앞에서
'일단 정지'

나를 지나쳐가는 것들을 잠시 바라본다
가파르게 넘어가는 시간의 건널목에서
가슴을 뭉개고 지나가는 것들을
양팔을 들어 가로막으며
맞받아야 할 때가 왜 없으랴

오늘도 일하러 간다
바쁜 시간이지만 건널목 앞에서
'일단 정지'
그때 갑자기

"여보, 이십오 년씩이나
　함께 살아줘서 정말 고마워요
　우리 늘 건강하게
　아끼며 살아요! 사랑해요!"

내 가슴을 파고드는 당신의 문자

다시
'일단 정지'

화분

내 책상에는 공책이 몇 권 있습니다
습작한 공책들입니다
나는 가끔 이 공책에 물을 줍니다
공책은 화분입니다
화분에서 글씨들이 자랍니다
가지를 뻗는 글씨들을 보며
나는 물만 줄 뿐입니다

책꽂이 한쪽에는
쓰지 않은 공책도 있습니다
이 빈 화분에도 물을 줍니다
오히려 다른 화분보다 더
물을 자주 줍니다
빈 화분이 더 목마르다는 사실을
알기 때문입니다

마침표

십육번 버스에서였다
북마산 어디쯤을 지날 때
그게 보였다
쓰레기를 찢어질 듯이 담고
은행나무에 비스듬히 기댄
쓰레기 봉투 하나,
가까스로 주둥이를 묶어
하루를 내려놓은 고단한 마침표,

마치 명상에 잠긴 듯
고른 숨소리가 들리는 듯했다

벽

벽 앞에서는 늘 마음이 편치 않다
어디서든 경계가 있음은
긴장해야 한다는 뜻인가

과음한 아침
모든 것을 정지시킨 채 누워 있었다
아주 깊숙한 정지였다

그때 정지된 생각 속으로
바람 소리가 들렸다
난간을 훑고 지나가는 바람,

그 바람 속으로 생선 장수가 지나갔다
생선이 펄펄 살았다고 외쳤다
밀감 장수도 지나갔다
밀감이 싱싱 살았다고 외쳤다

바깥은 살아 있었다

내 정지와 바깥,

그 사이는 뚜렷한 경계였다

완고한 벽이었다

가늠할 수 없는

1박 2일 나들이 떠나면서
가봐서 좋으면 눌러앉을 생각이니
기다리지 말고 잘 챙겨 자시라는 농담과 함께
손을 흔들며 떠나는 아내를 보내고
나에게 아내의 부재는 얼마만큼의
무게일까 괜한 생각을 해보았다

아내 부재의 무게를 가늠하려면
우선 그이와 만나서 들여놓았던
모든 세간을 다 꺼내야만 했다
세탁기, 냉장고, 장롱뿐 아니라
내 집이라고 처음 장만했던
열세 평 주공아파트와
두 아이도 계산에 넣고
거기에다
함께 살아온 세월까지 더하면

아내 부재의 무게는
혼자서는 가늠할 수 없는 것이었다

윙크를 한다

가끔 사격 자세를 취하는 상상을 한다
변소에 앉아서도
윙크를 한 채 가늠자를 들여다본다
숨죽이고 방아쇠를 당겼을 때
어깨에 느껴지는 개머리판의 상쾌한 반동
탄환은 표적을 벗어나지 않는다

실탄을 장전한
서바이벌 게임

나는 윙크를 한 채
가늠자를 통해서만 세상을 본다

USB메모리

나는 지난날 기꺼이
비좁은 고무신 한 켤레로 살았지
수많은 오일장을 오갔지만
굳이 비좁은 고무신이었지

내게 비좁음이란
나를 몰고 가는 고삐야
먼 길을 가도 부르트지 않는
익숙함이야

그런데 이번 생일에는 선물로
32기가짜리 USB메모리를 받았어
내 지적 범위로 볼 때 32기가는
제주도만한 크기지
나는 이 황무지에다 백록담 하나를
들여놓을 생각이야 그리고
강 하나를 흐르게 하고 산기슭에는
황토 벽돌집 한 채를 지을 거야

그 집에 산수유 매화 목련도 심을 생각이야

이제 이런 드넓음을 누려볼 참이야

가끔 길을 잃고 모험을 즐길 거야

어무이*

　내 시집온깨내 살림살이가 아무것도 엄써 쌀독 열어 보이 쌀 두 되나 될랑가 너거 할배 계시재 삼촌들하고 식구는 많재 하루는 너거 아부지 오데 갔다 오시는데 지게에 히줄건한 섬 하나 언저가꼬 와 겉보리 말가옷 그것도 곱장리라 그기라도 가꼬 밥을 해서 할아부지 밥 퍼고 아부지 하고 삼촌들 밥 다 퍼고 아무것도 엄는 솥에다가 백줘* 물 붓고 쑥을 넣어 이리 저리 문대 가꼬 할무이 하고 내하고 안 묵나 그때 참 쑥 엄청 시리 묵었다 동네 사람들 다 쑥 뜯으로 나온깨내 가적은 들에 는 쑥도 엄씨 맬갛코 저-어 항매산 백마당*까지 쑥 뜯으로 안 가나 동네 사람들 너대치 가서 한 보따리썩 해서 이고 오머 그 거 가꼬 또 메칠 전디고 시집 오기 전에는 그래도 너거 외할배 하고 끼니는 대고 지냈는데 시집와서 맨날 나물마 문깨내 배 가 아파 몬 전디것어 그래 너거 할무이한테 배 아푸다 카머 지 렁*을 한 종지 주는기라 하이고 지금 생각하머 그때 우찌 살 았던고 고상고상 말도 몬하는기라

　우리 어무이 듣고 들은 이야기 또 하신다 처음 들을 때는 사람이 버틸 수 있는 궁핍이 참 대단한 수준이구나 싶기도 했

지만 들을수록 등골 서늘함이 있다 놀랍게도 이 절박한 옛 이
야기할 때마다 류머티즘 관절염 통증을 잠시 멎게 하는 효과
가 있다는 것을 나는 얼마 전에 알게 되었다

* 어무이 : 어머니.
* 백줴 : 백주에, 터무니 없이.
* 백마당 : 황매산 능선에 있는 작은 분지.
* 지렁 : 간장.

금봉암에서

거창 고제 삼봉산
해발 천 미터 금봉암에서
수도하시는 처사님 설명대로
저 아래를 굽어보니
동으로, 서로, 북으로 뻗어 간
거미줄 같은 길들이 보였다
내가 허위허위 지나온 길이었다
산자락에 잔설처럼 붙어 있는
아득한 동네도 보였다
내가 몸을 누이던 동네였다

오늘은 어쩐지
나도 모르게 다소곳해져서는
여래불께 힐끔거리며 절하였다
못 미덥기는 마찬가지였지만
오백 나한전에 가서도 절하였다
그런데 자세히 보니
나한들께서는 조금씩 자라고 계셨다

땅속 깊숙이 뿌리를 감추고 계신 듯했다

바깥에 나와보니
유월의 바람이 자라나고 있었다
도량 전체가 숲과 함께
자라나고 있었다
주변 바위와 상수리나무도
가부좌를 틀고 앉아 있었다

저녁 무렵

사람들은 배낭을 메고 쇼핑백을 들고 장화를 신었거나 플라스틱 샌들을 끌며 거멓게 그슬려서는 처그득처그득 사과농장에서 돌아온다 지친 근육을 부추기며 주인 잔소리에 가슴도 시꺼매서는 목덜미에 땀수건 하나씩 걸친 채로 돌아온다 '홍농종묘' 차광 모자를 깊숙이 눌러쓰고 일당으로 받은 몇 만원을 만지작거리며 일행과 헤어지는 골목에서는 버릇처럼 손을 흔든다 그리고 잠시 슈퍼 쪽을 힐끗 보고는 그냥 골목으로 사라진다 강아지 한 마리도 그를 따라 골목으로 사라진다 기다렸다는 듯 땅거미가 무대의 막처럼 빠르게 내린다

매미

까르르르르 말매미가 운다

까르르르르 떼로 운다

말매미는 다 똑같이

까르르르르 하고 운다

일제히 우는 매미 소리는 다 똑같아서

나는 어떻게 울어야 하나

이 세상에서

어차피 한 마리 매미일 수밖에 없는

나는 어떻게 울어야 하나

불경을 읽으나 시집을 읽으나

다 똑같은 목소리

소설을 읽으나 역사를 읽으나

다 같은 의미

매미 소리에

하얗게 지워지는 경적 소리

팔월 한낮 매미들이 운다

향기

태풍이 몰아치는 이른 아침
까무러칠 듯 떨고 있는
박하 화분을 옮기려고 다가갔다
이게 웬일인가
박하 향기가 평소보다
더욱 진하게 코를 찌른다

박하는 위기의 순간에
오히려
향기를 내뿜는다

제3부

당신은 아마도

저녁마다 내가 당신한테 전화해서 당신 목소리 온도를 재고 있다는 걸 당신은 아마 모를 거야 그것도 아주 미세하게 저녁마다 온도 차를 탐지하고 있다는 걸 당신은 아마 모를 거야 당신 목소리 온도가 0.5도만 떨어져도 내 마음이 크게 기우뚱거린다는 걸 당신은 아마 모를 거야 그런 날 저녁에는 내가 소주 한 잔 마시고 전화해서 "여보, 인자 우리 공장도 잘 풀릴랑갑다 쪼매만 기다리보소" 헛소리인 듯 말하지만 당신 목소리를 한 5도쯤 올려놓고 싶어서 안달인 것을 당신은 아마도 모를 거야

미션 임파서블

여러 날 되뇌어보았다

지금 내게 내려진 미션은

아이 둘 한꺼번에 대학 보내는 일

미션 임파서블, 그 영화 속 주인공들은

사기도 치고 은행도 털고 총도 잘만 쏘더니만

아내와 둘이서 머리를 맞대어보지만

이 고난도 미션을 어떻게 해결할까

미션 임파서블

보름달아

달아 달아 보름달아

우리 동네 임 사장

피자 가게 살림살이 반달이더라

우리 동네 장 사장

통닭 가게 살림살이 초승달이더라

달아 달아 보름달아

우리 동네 살림살이

지지난달도 반달이더라

지난달도 초승달이더라

이번 달도……

조금 찌그러지자

뒷바퀴가 찌그러진
짐차 한 대 길옆에 서 있다
땅거미는 내리는데
아직 팽팽한 바퀴들은
금세라도 달릴 듯
긴장을 늦추지 않고 있었지만
펑크 나서 찌그러진 바퀴는
아주 평온해 보인다

팽팽한 바퀴와
펑크 난 바퀴의 차이는 이를테면
불만과 만족의 차이가 아닐까
이 세상은
팽팽한 불만들이 굴러가므로
떠밀려가는 게 아닐까

참 긴 시간을
팽팽하게 부풀어서

앞바퀴 굴러가는 대로 굴러왔지 뭔가

이제, 깊은 숨 한 번 내쉬고
조금 찌그러지자

술술 풀리는 집*

꽉 막힌 서민 경제와 상관없이
벗들이여 잘들 계시는지
잘 자시고 잘 싸시고
맺힌 데 없이 잘들 사시는지

꽉 막힌 자영업 경제와는 상관없이
얼마 전, 집 옮기고
벗들이 사다 준 화장지
'술술 풀리는 집' 처럼
맺힌 데 없이 잘 지냅니다

꽉 막힌 최저임금 경제와는 상관없이
우리 못 본 지 오래인가 봅니다
이번 가을에는
꽉 막힌 일용직 경제와는 상관없이
전어나 한 접시 합시다
곁들여 세발낙지 멍게도 썰어놓고

소주 한 잔 합시다

소주 마실 때 갑갑하게
꽉 막힌 경제 이야기하지들 마시고
술술 풀리는 자식 이야기
술술 풀리는 재테크 이야기나 하면서

* 술술 풀리는 집 : 화장지 상표 이름.

시계

칙척

칙척

칙척

칙척

슬리퍼를 끌며

누군가 슈퍼마켓으로 가고 있다

그이에게도 소주 한 병과

참치 캔 하나쯤 필요하리라

외상을 하든

가불을 하든

느슨해졌네

몸에 병 맞아들이고 일손 놓은 지 오래되었네 서울 있는 병원까지 오르락내리락 누구보다 아내에게 미안하였네 그리고 내 몸한테 많이 미안했네 어찌 보면 오히려 병은 고마운 것 병은 나의 스승, 고이 모시다가 아쉽게 떠나보내야 할 도반 같은 것 날마다 되뇌며 거울을 보네 그런데 이제 내 얼굴에는 일하는 사람의 모습을 찾을 수 없네 그것이 못내 서운하였네 여러 날 서운하였네 눈빛도 낯빛도 일하던 사람이 아니네 손톱 밑에 끼어 있던 기름때가 사라졌네 손바닥 발바닥의 굳은살도 없어졌네 종아리 알통도 작아졌고 하루 여덟 시간 준엄하던 작업 시간, 머리카락보다 정밀한 작업공차, 다 느슨해졌네 못내 아쉽기만 하네

단풍

단풍의 매력은
산자락을 뒤덮어 펼치는
매스게임 같은
'일제히' 때문인가
스스로 회복 불가능으로 들어가는
'장엄함' 때문인가

사소한 이유는 묻지 마시라
그래 그대여
지금 그대로 물들자
그대는 나에게 물들고
나는 그대에게 물들고

방어 전략

지난겨울 우리 식구들은
남쪽 방 하나를 참호로 삼고
다른 방들로부터는 철수하기로 했다

때때로 화장실이나 부엌에 갈 때는
까치발을 하고 다녔다
소설, 대설 다 지났어도 우리 식구들은
여전히 겨울이라는 성화(成火)와
전쟁 중이다

전쟁이라고는 하지만
별다른 공격 여건이 없는 우리 식구들은
줄곧 방어 전략이었다

사람이 화를 내면
체온이 내려가므로 우리 식구들은
자주 웃기로 하였다
시간이 지나면
우리에게도 승산이 있으리라 생각하며

모팔모

나는 오늘 문득
모팔모를 생각한다
고구려 적 모팔모 그 양반
제대로 된 강철 검을 처음 만들어
당대에서는 최고로
철의 부가가치를 높였던 사람

나 또한 이 나라 철공으로서
철의 부가가치를 높였던 사람
같은 철공으로서
오늘은 모팔모가 그립다

어떤 금형 부속은
같은 무게로 따져서
금보다 비싼 것도 많았으니
부가가치로 따지면 대단한 부가가치

오늘은 칼이 안 든다는
아내의 핀잔이 없어도
식칼을 간다
식칼을 가는 것 또한
철의 부가가치를 높이는 일
내친김에 과도까지 꺼내서
쓱쓱 간다
그냥 가는 게 아니라
이 나라 철공으로서 간다

출근하고 싶은 날

개가 짖는다
컹컹컹 온 동네 넘치도록 짖는다
개 소리가 두부 장수 앰프 소리를
물어뜯어서 키릭키릭 잡음을 낸다
마을 확성기 소리조차도
쿨룩쿨룩 기침을 한다

확성기도 없이
컹컹컹 동네를 가득
장악해버리는
저 힘센 목청이라니
곰 같은 앞발과 튼튼한 송곳니라니

출근하고 싶지만
컴퓨터 자판이나 만지작거릴 때
저놈 또 짖는다
거부할 수 없는 저놈의 목청이

가득 내 방 안까지 밀려온다

튼튼한 힘살들이 내 가슴팍을

기어코 물어뜯는다

병따개

병마개란 병마개는
다 딸 수 있는 병따개여
든 병이란 든 병은 다
공병으로 만들 수 있는 병따개여
장하도다 흠모하도다

항상 든 병이 문제로다
든 병들은 다 거만하구나
이런 든 병들은 죄다
공병으로 만들어다오 병따개여

나 또한 든 병이로다
거만하여 든 병이 있도다
든 병으로 투병 중이로다 병따개여
나를 공병으로 만들어다오

수혈받으며

날씨가 상큼하게 풀렸어요

고드름이 녹고 있어요

낙숫물이 똑똑똑 대지를 깨우고 있어요

고드름이 툭 떨어지면서

대지의 엉덩이를 찔렀어요

오늘은 수혈받는 날이에요

혈액 봉지에서 똑똑똑 피가 떨어져요

내 심장을 깨우고 있어요

내 정맥에 꽂힌 작은 관을 타고 오는

그이의 성격을 나는 알 수가 있어요

카리스마가 있어요

멋진 충고예요 따끔해요

어진 생목숨이에요

거꾸로 드리워져 피를 흘리고 있어요

어쩔 수 없어요

지금 내게 찾아온 봄은

누군가의 피예요

소

누렁소가 있었다
누렁소가 끌던 쟁기가 있었다
누렁소가 부치던 사래 긴 밭이 있었다
누렁소가 짊어지고 가던 가계가 있었다

후치*를 지게에 얹고 누렁소를 앞세워
밭으로 나가던 아버지의 아침이 있었다
누렁소와 같이 농사지은
열 마지기 볏논을 추수하던
열두 식구의 가을이 있었다

그 농가에는 소를 돌보던 소년이 있었다
새벽이면 고삐를 쥐고 누렁소를
풀밭으로 이끌던 소년이 있었다
소년의 꿈을 담던 꼴망태가 있었다
둥실둥실 배부른 소를 몰아
해질 무렵 집으로 오던
소년의 휘파람 소리가 있었다

학교를 졸업한 소년이 기술자를 꿈꾸며

소를 외양간에 묶어두고

도시로 떠나던 아침이 있었다

공장에서 기술을 배우고 양수기를 만들고

탈곡기를 만들고 경운기를 만들고

소년이 만든 경운기가 농가에 보급되고……

이제 더 이상 농가에서 할 일이 없어져버린

누렁소의 기막힌 운명이 있었다

소년은 노동을 얻었으나

누렁소는 노동을 잃었다

노동을 잃었다는 뜻이 무엇인지

그때 우리 식구들은 아무도 알지 못하였다

누렁소가 끌던 쟁기가 없어졌다

누렁소가 부치던 사래긴 밭에 아파트가 들어섰다

이제 농가의 살림을 위해서

누렁소가 할 수 있는 것은

살덩이로 시장에 팔려가는 일뿐

누렁소는 더 이상 농가의 식구가 아니었다

기술자가 천직이라 여기던 소년은
어느덧 청년이 되고 잔업하고 철야하고 특근하고
소처럼 일하였다
훌륭한 기술자가 된 소년이 회사를 발전시키고
해가 지날수록 회사는 눈부신 발전을 이룩하고
성능 좋은 자동 기계들이 들어오고
생산성이 좋아진 회사는
드디어 기술자의 생계를 위협하였다

미리 예고되었던 것처럼
불안한 밤이 있었다
아이들 대학 등록금이 벅찬 형편에서
이렇다 할 까닭도 모른 채 해고통지서를 받던
우주가 멈춘 듯 막막하던 아침이 있었다
줄담배 연기가 눈앞을 가리고 하늘을 가리고
스멀스멀 기술자의 미래를 지워버리던 저녁이 있었다
노동을 잃었다는 의미가

세상을 송두리째 빼앗기는 일임을

비로소 알게 되었다

소머리국밥 집에서 소주잔을 기울이며

헝클어진 식구들의 미래를

풀어보려는 고뇌의 밤이 있었다

* 후치 : 훌쳉이, 극젱이라고도 함. 쟁기가 논을 가는 기구라면 후치는 주
  로 소를 메워 밭갈이를 함.

제4부

고향

바람이 부누나
산마루 쪽으로
하얀 억새밭으로

억새밭은
바람의 고향

그렇구나
큰 다행이다

아직도 바람만은
산마루 쪽으로
하얀 억새밭으로 부누나

어디로 가랴

우리나라 지도를 본다 거미줄 같은 길, 마을 이름 산 이름 강 이름들이 촘촘하다 몇 천 미터 상공에서 내려다보듯 지도를 보노라니 나는 문득 청둥오리가 되어 아픈 날갯죽지로 앉을 곳을 찾는다 강으로 가랴 마을로 가랴 몸은 오리요 마음은 사람인 나, 아니 몸은 사람이요 마음은 오리인 나

너를 향해 던진다

나는 노란 이 밀감 한 알을 먹지 않고 쥐고만 있어도 좋다
손 안에 알맞게 쥐어지는 이 밀감을 차라리 힘껏 던지고 싶다
내가 던진 이 밀감이 아득한 허공을 날아 떨어진 그곳에는 언
제나 네가 있다

나는 지금도
너를 향해 던진다

여행

　아파트 주차장 울타리에 빨래 널다가 울타리 너머 건넛집 할아버지 밭에 감자꽃 바라본다 흰 감자꽃 보다가 추어탕 집 아주머니 점심 준비하는 도마 소리 듣는다 다다다다다 다다 다다다다 경쾌하게 피어나는 도마 소리가 춤추듯 꽃으로 일렁인다 감자꽃들이 도마 소리에 몸을 맡긴다 햇살이 빨래에 와서 부서진다 빨래가 햇살 속에서 첨벙거린다 바람에 실려 오는 이 시간의 향기를 길게 들이키며 눈을 감는다

우리 사이에는

거창읍 가운데를 흐르는 위천강 남쪽과 북쪽을 잇는 다리
가 네 개인데도 또 하나의 다리를 만들고 있어요 거창 사람들
은 읍의 강북을 '물 안'이라 하고 강남을 '물 밖'이라고도 하
지요 물 안과 물 밖을 잇는 다리를 또 하나 더 만든다는 것은
물 안과 물 밖의 경계를 조금 더 없애자는 거잖아요

아직도
나의 물 밖에 서 있는 그대여
당신과 나 사이에는
몇 개의 다리가 더 필요한지요

시장에서

오늘은 장날이에요 따릉따릉
자전거를 타고 시장엘 가요
"밀감 한 박스 팔천 원!"
"생태 두 마리 오천 원!"
오늘은 장사꾼의 말들이
모두 딸랑거리는 소리로 들려요
시장은 온통 방울 소리뿐이에요
시장은 온통 딸랑이는 퍼즐이에요
말이란 모두 방울 소리에요
사람들은 모두 방울뱀처럼
꼬리에 방울을 달고 있어요
사는 것이란 적극적으로
방울을 흔드는 일일 뿐이에요
깨진 방울, 녹슨 방울, 찌그러진 방울,
짤랑거려서 손톱이 다 닳은 방울,
짤랑거리지 않으면 팔리지 않아요
딸랑거리지 않으면 깎아주지 않아요

딸랑거리지 않으면 밟힐 수 있어요

나는 딸랑
김 장수한테
김 한 톳 샀어요
고등어 장수한테
고등어 두 손 샀어요

나는 지금 외출 중

내게 든 감기는 보증금도
월세도 한 푼 없이
제 맘대로 슬며시 들어와
마치 제 집처럼 산다

감기처럼 오랜 세월
나에게 세든 당신
햇볕도 잘 들지 않는
가슴 한 켠 뒷방
그곳에 사는 당신
내 오랜 지병처럼
이미 콜록대는 당신

내게 신열이 오르는 건
무조건 세든 당신들 때문

나는 오늘 견디기 힘들어
외출을 한다

나 없는 사이

굿을 하든지 잔치를 하든지

알아서들 하시길

늙은 호박

합천에 사는 이 서방이
늙은 호박 하나를 주고 갔다
올해 첫 수확한 호박이라 했다
늙었다는 말이 듣기 좋았다
나의 늙음과 견주어보리라 했지만
부질없는 짓이었다
가당찮은 일이었다

누가 뭐래도
호박은 호박이라는 자부심이 있었다
늙은 호박은
호박다움 하나만으로도
가장 큰 부자였다

수몰촌 1

어느 날

물 빠진 고향의 등뼈를

산 위에서 내려다보았다

고향의 잔해가

저녁 햇살 아래

하얗게 빛나고 있었다

백골이 진토 되고 있었다

수몰촌 2

그해 수몰촌 사람들은
여느 해처럼
거름과 땔감을 장만하지 않았고
삽과 호미를 씻지 않았고
부러진 쟁기의 보습*을 고치지 않았다

발파가 시작되고부터
모래 차가 먼지를 날리며 다니고부터
콘크리트를 비벼 넣고부터
댐 둑이 높아갈 때부터
수몰촌 사람들 가슴에도
높다란 둑을 쌓고 말았다

가슴에 둑을 쌓은 사람들은
여느 해처럼
품앗이를 하지 않았다
제삿밥을 나누어 먹지도 않았다

강바닥 모래처럼

버석거리는 시간이 덧없이 흐른 뒤

드디어 사람들 가슴속

높다란 장벽 밑으로

물이 차기 시작했다

시뻘건 황톳물이었다

* 보습 : 쟁기나 극젱이의 술바닥에 맞추는 삽날 모양의 쇳조각.

수몰촌 3

동무야, 그때 너는 보았다지
발 밑에 점점 차오르는 황톳물을 피해
뒷걸음질을 치며 보았다지
살여울이 잠기고
뱃나들이 잠기고
미루나무 위로
밀려드는 물을 피해 뱀이며 쥐가
기어오르는 것을 보고
머지않아 우리도 저렇게
도망쳐야 하리라 생각했다지
동무야, 잠기는 고향을
시퍼런 두 눈으로 똑똑히 보았다던 동무야
그랬다지
서마지기가 잠기고
찬새미가 잠기고
왕밤나무 꼭대기가 잠기는 걸 보고

울었다지 동무야

몸살을 앓았다지

수몰촌 4

우리 동네 산자락
어림하기 좋은 역평리

동무야, 나는 그곳에
한참 서 있었다

그곳에 서서
물비린내 속에 섞인
고향 냄새 가만히 맡아보았다

눈만 감으면
어찌 떠오르지 않으랴
소 몰고 다니던
작은 언덕길과 나지막한 산자락
길에 박힌 돌부리까지

동무야, 나는 그곳에서
잃어버린 나를 찾고 싶구나
그리고 널 기다린다

수몰촌 5

빙어 떼가 산다는
저 차가운 물 밑으로는

아직도

수몰촌 사람들
가슴속에 쌓인 그리움이
흘러 흘러 물 바닥에
쌓여만 간다

수몰촌 6

봉산면 합천호 관광단지
천호식당에서
점심 한 그릇 먹고 나와
수족관에 들앉은
빙어, 잉어, 메기들 구경하다가
합천호 물빛 구경하다가
갑자기
네 생각한다, 동무야

누가 고향을 물어보면
용궁이 고향이라고 대답한다며
컬컬 웃던 동무야
이북 실향민이야
통일이 되면 갈 수 있다는
희망이 있지만
우리는 희망이 없지 않느냐고,
그 말하고 또

술잔을 들던 동무야

난 오늘
빙어튀김 한 접시 먹으며
우리 고향인 용궁을 보고 간다

젊고 드넓은 마음 밭을 일구는

고명철

1

문영규 시인의 시집을 읽는 동안 "몸은 흔들려도 마음은 흔들리지 않으려 시를 붙들고 살았습니다."라는 그의 겸허한 말이 마음의 파문으로 남는다. 그에게 시는, 시작(詩作)은, 힘든 세상을 살아가는 도정에서 극심하게 흔들리고 요동치는 마음의 갈피를 추스르되, 무엇이 그리고 어떻게 살아가는 삶이 참으로 진실된 삶을 사는 것인가를 성찰하고 그렇게 깨우친 그 무엇을 삶의 현실에서 몸소 수행하는 삶의 도량(道場)과 다를 바 없다. 따라서 그에게 시는 언어 예술의 어떤 경지를 추구함으로써 이르게 되는 미의 산물로 자족하는 것과 거리가 멀다. 그에게 시는 언어 예술의 측면보다 삶의 과정을 이루는 것인바, 시작 자체가 그의 삶의 피와 살이면서 뼈를 이룬다. 여기, 문영규 시인의 이러한 시 쓰기를 엿볼 수 있는 시의 부분을 음미해보자.

이 서방은 착하다
착한 이 서방은
내가 채소를 다 먹어갈 즈음
어김없이 싱싱한 채소를 다시 가져온다
처제와 이 서방은
특별한 약 해드리지 못하지만
채소라도 마음껏 자시란다

처제와 이 서방은
벌레에게도 마음껏 채소를 내어준다
처제와 이 서방이
채소밭에 농약을 뿌리지 않는 건
순전히 벌레를 위해서다

처제와 이 서방이 키운 채소는
시장 채소처럼 가지런하지 않다
벌레 먹은 그대로다
채소를 벌레와 사이좋게 나눠 먹는
처제와 이 서방은 벌레와 사촌이다
나와도 사촌이고
나와 벌레도 사촌이다

—「우리는 사촌」 부분

삶과 세계를 대하는 시인의 정갈한 마음이 오롯이 나타나
있다. 무슨 사연인지 모르나, 시적 화자인 '나'의 건강이 썩
좋은 편이 아닌지, 처제 내외는 "특별한 약 해드리지 못하지
만/채소라도 마음껏 자시"라면서 "어김없이 싱싱한 채소를"

가져온다. 그런데 이 채소는 "농약을 뿌리지 않"은 유기농법에 의해 길러진 것으로, "벌레 먹은 그대로다". 이렇게 처제 내외가 기른 채소를 보며 시적 화자는 처제 내외가 '착한' 마음을 갖고 있는 데 대해 감동한다. 그것은 "채소를 벌레와 사이좋게 나눠 먹는" 처제 내외가 지닌, 뭇 생명과 생의 가치를 나눠 가지면서 상생과 공존하는, 말 그대로 '착한' 마음을 시인이 절로 발견했기 때문이다. 그래서 시적 화자는 "처제와 이 서방은 벌레와 사촌이"듯, 이렇게 '착한' 마음을 지닌 사람들이 기른 채소를 먹는 '나' 역시 자연스레 "나와 벌레도 사촌이다"라는 모종의 깨우침을 얻는다. 여기에는 처제 내외의 진실되고 '착한' 마음이 타자를 향해 결코 요란스럽지 않게 나타나듯, 삶과 세계를 대하는 시인의 마음 역시 진솔하고 담박한 시적 진실로 우리에게 다가오고 있음을 가볍게 넘길 수 없다.

2

달아 달아 보름달아
우리 동네 임 사장
피자 가게 살림살이 반달이더라
우리 동네 장 사장
통닭 가게 살림살이 초승달이더라
달아 달아 보름달아
우리 동네 살림살이
지지난달도 반달이더라

지난달도 초승달이더라
이번 달도……

—「보름달아」 전문

꽉 막힌 최저임금 경제와는 상관없이
우리 못 본 지 오래인가 봅니다
이번 가을에는
꽉 막힌 일용직 경제와는 상관없이
전어나 한 접시 합시다
곁들여 세발낙지 멍게도 썰어놓고
소주 한 잔 합시다

소주 마실 때 갑갑하게
꽉 막힌 경제 이야기하지들 마시고
술술 풀리는 자식 이야기
술술 풀리는 재테크 이야기나 하면서

—「술술 풀리는 집」 부분

우리 주변을 에워싸고 있는 일상의 낯익은 풍경이다. "우리 동네 살림살이"가 어려운 것은 어제오늘의 사정이 아니다. 우리에게 보름달처럼 풍요롭고 충일된 삶이 과연 도래할 것인지, 민중들의 근심과 푸념은 "이번 달도……"라는 시구에 고스란히 녹아 있다. 세상살이에 신명이 없다. 위정자와 경제적 기득권자의 현실성 없는 행복 추구의 사탕발림과 사회적 양극화가 가속화되는 현실 속에서 "꽉 막힌 최저임금 경제", "꽉 막힌 일용직 경제"에 숨통이 트일 길은 좀처럼 보이지 않는다. 날이 갈수록 정치 · 경제적 약자인 민중의 세상살이는 강팍하고 고되기만 하다. 이러한 현실 속에서 민중들은 선술집에서 소줏잔을 기울이며, "술술 풀리는 자식 이야기"와 "술술 풀리는 재테크 이야기나 하면서" 자신들의 삶을 서로 위무할 따름이다. 그런데 말이다. 과연, 자식과 재테크는 "술술 풀리는" 이야기의 대상이 될 수 있을까. 그들이 푸념하듯, 사회 전반적으로 "꽉 막힌" 것 투성인데, 자식과 재테크만 술술 풀릴 리 없다. 그러니까, 이것은 어느 것 하나 풀리지 않는 답답한 삶과 현실에 대한 시적 아이러니를 통한 지금, 이곳에 대한 시적 냉소의 표현이다.

그렇다면, 좀 더 이러한 현실에 놓여 있는 우리 이웃의 삶을 살펴보자.

초등학교 졸업하고 한 번도 연락 없던 정숙이
느닷없이 찾아와 정수기 하나 사라네
큰맘 먹고 할부로 끊어서 하나 사기로 했네
정숙이 정수기 잘 팔겠다고 했더니
물 좋은 데 가야 잘 팔린다고 하네
물 나쁜 데 가면 꼬치꼬치 따지기만 한다네
우리 동네도 물 썩 좋지 않다고 했더니 그냥 웃네
정수기는 역삼투압 방식이라고 하네
이 세상도 벌써부터 역삼투압이 작용하고
있지 않느냐고 했더니 웃기만 하네
또 정수되고 남은 물은 버리는 방식이라 하네
정수된 물이 삼이면 버리는 물이 칠이라 하네
정숙이 너는 지금 삼이냐 칠이냐 하고 물었더니

그저 웃기만 하네 정수기 파는 정숙이

　　　　　　　　　　　　　　　　　　　—「정숙이」전문

　　정수기 외판원인 정숙이의 삶은 아이러니함 자체다. 정숙이는 자신이 팔아야 할 정수기의 정수 방식을 "역삼투압 방식"으로 설명하는데, "정수된 물이 삼이면 버리는 물이 칠이라"고 한다. 결국 삼 할의 물을 마시기 위해 칠 할의 아까운 물은 버려야 하는 것이다. 그러자 시적 화자는 정숙이에게 "정숙이 너는 지금 삼이냐 칠이냐"는 돌직구의 물음을 던진다. 정숙이는 "그저 웃기만" 할 뿐이다. 이렇게 주고받는 간명한 대화 사이로부터 우리가 너무나 의심 없이 수용하면서 살고 있는 자본주의 본연의 가짜 욕망과 뒤엉킨 허위의 삶의 실체가 드러난다. 사람이 마시는 물마저 자본주의의 위력 앞에 3:7로 분할되는 이 어처구니없는 현실 속에서 시인은 담담한 어조로 그러면서 아주 냉철히 인식한다. 이러한 상품을 팔러 다니면서 소비자의 근대 위생학의 욕망을 자극하여 자본의 위력과 교환한 정수기의 물을 마시도록 하는 정숙이의 삶은 어떻게 자본주의에 의해 분할되고 있는가. 참으로 매섭고 예리한 질문이다. 정숙이에게 던진 이 질문은 기실 자본주의의 위력 속에서 자본과 상품을 향한 거짓 욕망이 증식되고 이러한 거짓 욕망과 어지럽게 뒤섞인 채 진실과 거짓, 아름다움과 추함, 도덕과 비도덕 등이 전혀 구분되지 않음으로써 자본주의의 한층 충실한(?) 소비자로 애오라지 전락하는가의 여부가 중요한 미덕으로 남는 우리의 서글픈 자화상을 비춘다. 그래서 시의 마지막 행에서 보이는 정숙이의 웃음은 자못 안타깝고 쓸쓸하기 그지없다. 정숙이는 시의 행간들로부터 흘러나오는 이 같은 시적 진실에 전혀 문외한이 아니다. 정숙이 역시 "하루를 내려놓은 고단한 마침표"(「마침표」)를 찍고 있는 우리 시대의 민중이다.

3

그렇다. 우리 시대의 민중의 상처와 아픔은 정숙이의 웃음 속에 복잡한 의미의 맥락을 지닌다. 얼핏, 자본주의의 억압 구조 아래 민중이 물신화된 자본주의의 노예로서 전락해 있는 듯하고, 노동 해방의 기치 아래 노동으로부터 자유로운 세상이 실현되기를 희망함으로써 단순히 반(反)자본주의를 추구하는 것 같지만, 우리 시대의 민중을 이처럼 단순하게 이해하는 것은 민중의 삶과 현실에 대한 교조주의적이고 경직된 성급한 판단이 아닐 수 없다.

오늘은 칼이 안 든다는
아내의 핀잔이 없어도
식칼을 간다
식칼을 가는 것 또한
철의 부가가치를 높이는 일
내친김에 과도까지 꺼내서
쓱쓱 간다
그냥 가는 게 아니라

이 나라 철공으로서 간다

―「모팔모」 부분

　몸에 병 맞아들이고 일손 놓은 지 오래되었네 서울 있는 병원까지 오르락내리락 누구보다 아내에게 미안하였네 그리고 내 몸한테 많이 미안했네 어찌 보면 오히려 병은 고마운 것 병은 나의 스승, 고이 모시다가 아쉽게 떠나보내야 할 도반 같은 것 날마다 되뇌며 거울을 보네 그런데 이제 내 얼굴에는 일하는 사람의 모습을 찾을 수 없네 그것이 못내 서운하였네 여러 날 서운하였네 눈빛도 낯빛도 일하던 사람이 아니네 손톱 밑에 끼어 있던 기름때가 사라졌네 손바닥 발바닥의 굳은살도 없어졌네 종아리 알통도 작아졌고 하루 여덟 시간 준엄하던 작업 시간, 머리카락보다 정밀한 작업공차, 다 느슨해졌네 못내 아쉽기만 하네

―「느슨해졌네」 전문

　시적 화자는 "이 나라 철공으로서" "철의 부가가치를 높이는 일"의 일환으로 집의 식칼과 과도를 꺼내 "쓱쓱 간다". 이렇게 칼을 가는 행위를 두고 그저 집의 아내를 도와주는 데 있기보다 철을 다루는 노동자의 노동의 차원으로 이해하는 게 온당하다. 이 노동에 대한 순결한 열정과 치열한 욕망을 노동자의 노동 자체에 대한 자기구속과 자기억압적 차원으로 억지스레 이해하는 것은 번지수를 잘못 짚은 것이다. 병이 들어 더 이상 일을 할 수 없고, 어떻게 보면 힘든 노동으로부터 자의 반 타의 반 놓여났지만, 시적 화자는 "이제 내 얼굴에는 일하는 사람의 모습을 찾을 수 없네 그것이 못내 서운하였네"라고, 노동의 현장을 떠난 말 못할 아쉬움을 토로

한다. 말하자면, 노동자의 삶을 힘겹게 살아온 시적 화자에게 노동은 자기존재를 보증하는 것이며, 이것은 또한 생산에 직접 참여하는 민중의 자기위엄과 자기숭고의 구체성의 드러남이다. 따라서 근대적 자본주의의 생산양식 아래 노동을 하고 있는 노동자에게 유의미한 것은 도식적이고 생경한 반(反)자본주의보다 노동의 숭고성에 기반한 민중의 인간다운 삶을 향한 저 도저한 자본주의를 넘는 민중의 역사(役事/歷史)다. 만일 이것을 소홀히 이해한다면, "노동을 잃었다는 의미가/세상을 송두리째 빼앗기는 일임을/비로소 알게 되었다"(「소」)는 우리 시대 민중의 환멸과 절망의 뿌리에 조금이라도 닿을 수 없다.

한편, 우리는 우리 시대 민중의 또 다른 깊은 상처를 고향 상실 – 부재와 관련한 「수몰촌」 연작을 통해 만날 수 있다. 댐건설로 "시뻘건 황톳물"(「수몰촌 2」)이 삽시간에 마을을 집어삼키고 "수몰촌 사람들/가슴속에 쌓인 그리움이/흘러 흘러 물 바닥에/쌓여만"(「수몰촌 5」)가고, "누가 고향을 물어보면/용궁이 고향이라고 대답"(「수몰촌 6」)할 수밖에 없는 현실에서, 수몰민인 시적 화자가 할 수 있는 것은 "그곳에 서서/물비린내 속에 섞인/고향 냄새 가만히 맡아보"며, "동무야, 나는 그곳에서/잃어버린 나를 찾고 싶구나/그리고 널 기다린다"(「수몰촌 4」)는 속엣말만 삭힐 따름이다. 이 수몰촌의 고향 상실에 따른 민중의 근원적 아픔은 앞서 노동의 상실과 노동의 부재에 따른 아픔과 또 다른 성격을 갖는 것으로, 「수몰촌」 연작의 밑자리에는 무차별적 국가발전주의와 개발만능주의에 기반한 자본의 폭력이 민중의 삶의 근원을 송두리째 앗아갈 뿐만 아니라 이러한 근대의 폭력에 그동안 계속하여 속수무책으로 휘둘리고 있는 현실의 뼈아픈 문제가 드러나고 있다 해도 과언이 아니다. 이 과정에서 자기존재의 근원을 상실한 민중의 "이 세상에서/어차피 한 마리 매미일 수밖에 없는/나는 어떻게 울어야 하나"(「매미」)에 배어든 자기소외와 이에 대한 자기연민이 각별한 울림으로 다가온다.

그런데 이번 문영규의 시집에서 이 같은 우리 시대의 민중의 상처와 자기연민은 문영규 특유의 시적 치유를 통해 삶의 신생의 기운을 북돋우고 있다.

> 사람이 화를 내면
> 체온이 내려가므로 우리 식구들은
> 자주 웃기로 하였다
> 시간이 지나면
> 우리에게도 승산이 있으리라 생각하며
>
> ─「방어 전략」 부분

> 우리 어무이 듣고 들은 이야기 또 하신다 처음 들을 때는 사람이 버틸 수 있는 궁핍이 참 대단한 수준이구나 싶기도 했지만 들을수록 등골 서늘함이 있다 놀랍게도 이 절박한 옛 이야기할 때마다 류머티즘 관절염 통증을 잠시 멎게 하는 효과가 있다는 것을 나는 얼마 전에 알게 되었다
>
> ─「어무이」 부분

이제, 깊은 숨 한 번 내쉬고
조금 찌그러지자

― 「조금 찌그러지자」 부분

삶이 팽팽한 긴장감의 사위로 에워싸인 채 각박하고 신산
스러울수록 우리에게 절실히 필요한 것은 그러한 삶을 자연
스레 부드럽게 풀어냄으로써 조금이라도 삶의 훈기와 훈풍이
불도록 하는 삶의 내공이다. 이에 대한 시인의 해법은 참으로
간명하고 지혜롭다. 화를 내지 않고 "자주 웃기"(「방어 전략」)
이며, 지난날 힘든 삶을 억척스레 살아온 어머니의 투박하면
서도 절박한 그러면서 맛깔난 이야기를 온몸으로 듣는 일이
다(「어무이」). 이렇게 절로 육화한 희노애락(喜怒哀樂)이 깃든
삶의 호흡을 하며 이른 "조금 찌그러지자"(「조금 찌그러지
자」)에 담긴 자기겸허야말로 문영규 시인의 시적 진실의 성취
다. 이 자기겸허는 자기비하가 결코 아니라 시인 자신이 30년
남짓 노동 현장에서 치열한 삶을 살아간 이 땅의 민중이자 노
동자로서 "젊고 드넓은 마음 밭"(「달인의 말씀」)을 힘겹게 일
궈온 가운데 득의(得意)한 소중한 시적 진실이다.

4

끝으로, 우리는 이러한 시적 진실의 도정에서 사반세기 동
안 시인의 곁을 함께 해온 아내와 나누는 무구한 사랑의 시편
에 삼투된(「일단 정지」, 「당신은 아마도」, 「가늠할 수 없는」),
그리고 봄철의 신생을 만끽하고 있는 꽃의 피어남으로부터

"아, 이제/이렇게 아름다운 풍경을 보았으니/무슨 여한이 있으랴"(「채송화」)고, 노래한 시인의 심경을 헤아려볼 수 있다. 시인에게 아내와 봄꽃은 영원한 아름다움의 표상이다. 아내와의 삶이 그렇듯 꽃도 피고 지고의 연속을 피해갈 수 없다. 그러니 "피고 지고 피고 지고/이런 과정이 다/절정의 기호"(「꽃이 핀다는 것은」)의 속성을 띤바, 붉은 꽃이면 어떻고 하얀 꽃이면 어떻고 노란 색 꽃이면 어떤가. 모두 피고 지는 '절정의 기호'로서 중요한 것은 "우리 첨 만나/두근두근 꽃 같던 그때/마주 바라보면/아스라한 현기증"(「꽃 멀미」), 즉 꽃 멀미에 대취한 채 춘흥(春興)에 한바탕 젖어드는 것이다. 이 또한 고달프고 힘든 우리 시대의 삶에 속절없이 무릎 꿇지 않고 감내하며 살아가는 민중의 삶의 내공이다. 물론, 우리는 이 춘흥이 단지 봄을 만끽하기 위한 상춘객(賞春客)의 서정으로 수렴되는 게 아니라 "공단 대로 만발한 벚꽃 길"(「홍수」) 속에서 "모래바람이 피운/모래 꽃"(「벚꽃」)으로 기억되는 노동의 현장과 연관된 봄의 서정이라는 사실도 망각해서 곤란하다. 그래서 이 춘흥이야말로 문영규 시인의 삶의 내공 속에서 성취된 것이라 해도 과언이 아니다.

첫 시집을 낸 지 12년 만에 두 번째 시집으로 새롭게 다가온 문영규 시인의 시편들 하나하나를 음미한 후 오랫동안 강렬한 이명(耳鳴)으로 남아 있는 싯구가 있다. 그의 이번 시작(詩作)이 우리에게 어떻게 다가올지 모르지만, 우리는 그의 삶과 현실을 향한 쉼 없는 기투(企投)를 사랑할 것이다.

나는 지금도
너를 향해 던진다

　　　　　　　　 ―「너를 향해 던진다」 부분

　　　　高明徹 ｜ 문학평론가 · 광운대 국문과 교수

푸른사상 시선 38

나는 지금 외출 중